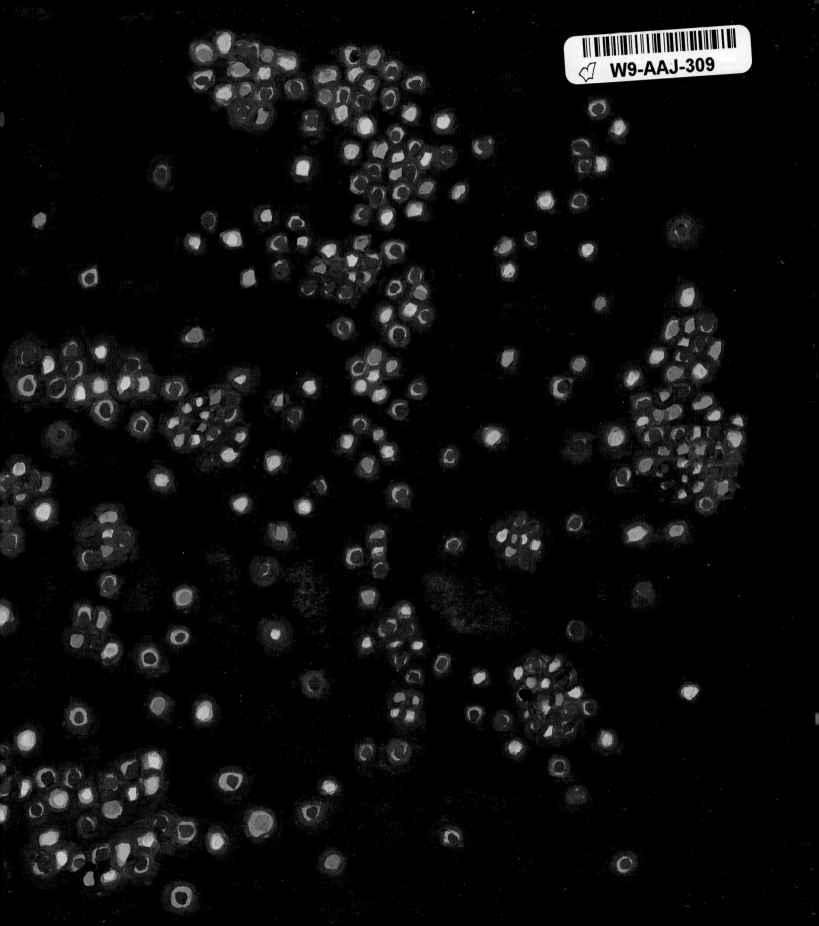

강아지똥

첫판 1쇄 펴낸날·1996년 4월 25일 │ 4판 1쇄 펴낸날·2005년 4월 5일
4판 39쇄 펴낸날·2016년 2월 22일
펴낸이·이호균 │ 펴낸곳·길벗어린이(주)
등록번호·제10-1227호 │ 등록일자·1995년 11월 6일
주소·10881 경기도 파주시 문발로 214-12
대표전화·031-955-3251 │ 팩스·031-955-3271 │ 홈페이지·www.gilbutkid.co.kr
ISBN 978-89-86621-13-6 77810 │ 978-89-86621-94-5(세트)

이 책의 국립중앙도서관 출판예정도서목록(CIP)은 서지정보유통지원시스템 홈페이지(http://seoji.nl.go.kr)와
국가자료공동목록시스템(http://www.nl.go.kr/kolisnet)에서 이용하실 수 있습니다.(CIP 제어번호:CIP2012003512)

강아지똥

글 · 권정생 그림 · 정승각

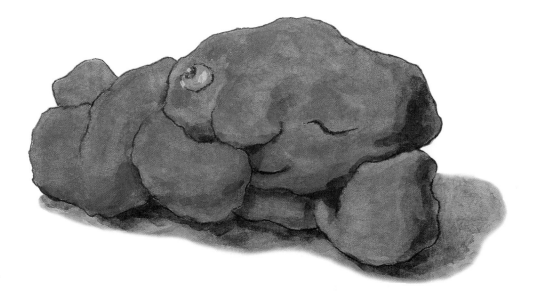

길벗어린이

돌이네 흰둥이가 똥을 눴어요.
골목길 담 밑 구석 쪽이에요.
흰둥이는 조그만 강아지니까
강아지똥이에요.

날아가던 참새 한 마리가 보더니
강아지똥 곁에 내려앉아 콕콕 쪼면서
"똥! 똥! 에그, 더러워……"
하면서 날아가 버렸어요.

"뭐야! 내가 똥이라고? 더럽다고?"
강아지똥은 화도 나고 서러워서 눈물이 나왔어요.

바로 저만치 소달구지 바퀴 자국에서 뒹굴고 있던
흙덩이가 곁눈질로 흘끔 쳐다보고 빙긋 웃었어요.
"뭣 땜에 웃니, 넌?"
강아지똥이 화가 나서 대들 듯이 물었어요.
"똥을 똥이라 않고 그럼 뭐라 부르니?
넌 똥 중에서도 가장 더러운 개똥이야!"

강아지똥은 그만 "으앙!" 울음을 터뜨려 버렸어요.

한참이 지났어요.
"강아지똥아, 내가 잘못했어. 그만, 울지 마."
흙덩이가 정답게 강아지똥을 달래었어요.
"……"
"정말은 내가 너보다 더 흉측하고 더러울지 몰라……."
흙덩이가 얘기를 시작하자,
강아지똥도 어느새 울음을 그치고 귀를 기울였어요.

"……본래 나는 저어쪽 산비탈 밭에서
곡식도 가꾸고 채소도 키웠지.
여름엔 보랏빛 하얀빛 감자꽃도 피우고……."
"그런데 왜 여기 와서 뒹굴고 있니?"
강아지똥이 물었어요.

"내가 아주 나쁜 짓을 했거든. 지난 여름, 비가 내리지 않고
가뭄이 무척 심했지. 그 때 내가 키우던 아기 고추를
끝까지 살리지 못하고 죽게 해 버렸단다."
"어머나! 가여워라."
"그래서 이렇게 벌을 받아 달구지에 실려 오다 떨어진 거야.
난 이젠 끝장이야."
그 때 저쪽에서 소달구지가 덜컹거리며 오더니 갑자기 멈추었어요.

"아니, 이건 우리 밭 흙이잖아?
어제 싣고 오다가 떨어뜨린 모양이군.
도로 밭에다 갖다 놓아야지."
소달구지 아저씨는 흙덩이를 소중하게 주워 담았어요.

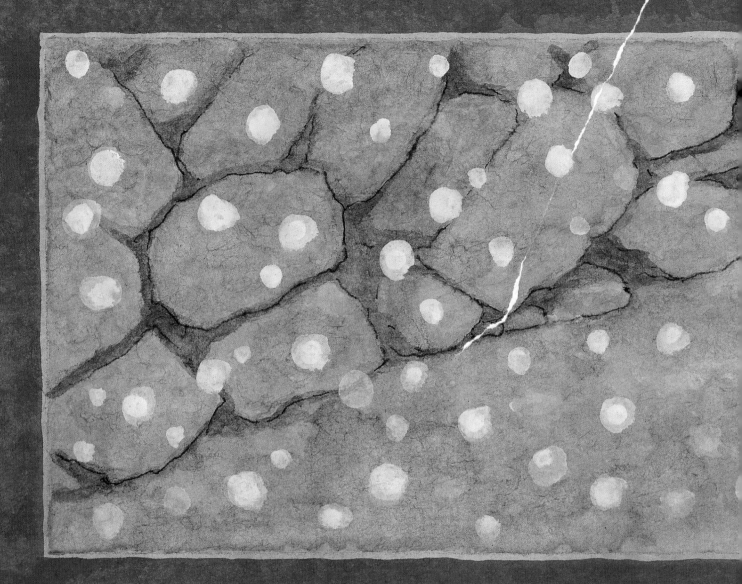

소달구지가 흙덩이를 싣고 가 버리자 강아지똥 혼자 남았어요.

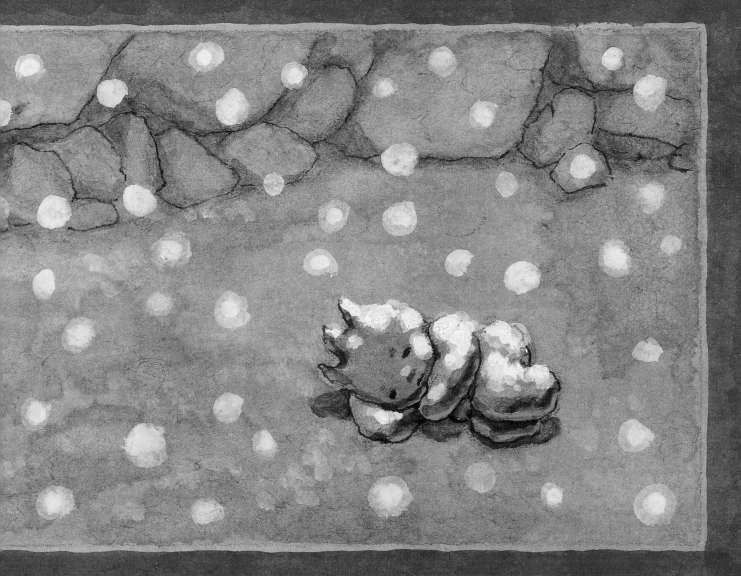

"난 더러운 똥인데, 어떻게 착하게 살 수 있을까?
아무짝에도 쓸 수 없을 텐데……."
강아지똥은 쓸쓸하게 혼자서 중얼거렸어요.

겨울이 가고 봄이 왔어요.
어미닭 한 마리가 병아리 열두 마리를 데리고 지나다가
강아지똥을 들여다봤어요.
"암만 봐도 먹을 만한 건 아무것도 없어. 모두 찌꺼기뿐이야."
어미닭이 고개를 절레절레 흔들며 그냥 가 버렸어요.

보슬보슬 봄비가 내렸어요.

강아지똥 앞에 파란 민들레 싹이 돋아났어요.

"너는 뭐니?"

강아지똥이 물었어요.

"난 예쁜 꽃을 피우는 민들레야."

"얼마만큼 예쁘니? 하늘의 별만큼 고우니?"
"그래, 방실방실 빛나."
"어떻게 그렇게 예쁜 꽃을 피우니?"
"그건 하느님이 비를 내려 주시고,
따뜻한 햇볕을 쬐어 주시기 때문이야."
"그래애……. 그렇구나……."
강아지똥은 민들레가 부러워 한숨이 나왔어요.

"그런데 한 가지 꼭 필요한 게 있어."
민들레가 말하면서 강아지똥을 봤어요.
"……."
"네가 거름이 돼 줘야 한단다."
"내가 거름이 되다니?"
"네 몸뚱이를 고스란히 녹여 내 몸 속으로 들어와야 해.
그래야만 별처럼 고운 꽃이 핀단다."

"어머나! 그러니? 정말 그러니?"
강아지똥은 얼마나 기뻤던지
민들레 싹을 힘껏 껴안아 버렸어요.

비는 사흘 동안 내렸어요.
강아지똥은 온 몸이 비에 맞아 자디잘게 부서졌어요…….
부서진 채 땅 속으로 스며들어 가 민들레 뿌리로 모여들었어요.
줄기를 타고 올라가 꽃봉오리를 맺었어요.

봄이 한창인 어느 날,
민들레 싹은 한 송이 아름다운 꽃을 피웠어요.
향긋한 꽃 냄새가 바람을 타고 퍼져 나갔어요.
방긋방긋 웃는 꽃송이엔 귀여운 강아지똥의
눈물겨운 사랑이 가득 어려 있었어요.

이 세상 가장 낮은 곳 이야기

'강아지똥'은 누구 하나 거들떠보지 않는, 이 세상에서 가장 버림받은 존재입니다. "아이고, 더러워."
하면서 세상 사람들이 다 피해 가는 버려진 존재입니다. 그런데 권정생 선생님은 이런 '세상에서 가장
소외된 존재, 버림받은 존재'에 관심을 기울였습니다.

얼마 전에 권정생 선생님의 이야기를 들어 보니 이랬습니다. 어느 날이었던가, 선생님은 처마 밑에
버려진 강아지똥이 비를 맞아 흐물흐물 그 덩어리가 녹아내리며 땅 속으로 스며드는 모습을
보았답니다. 그런데 강아지똥이 스며 녹아내리는 그 옆에서 민들레꽃이 피어나고 있더랍니다. 권정생
선생님은 그 모습을 보고 "아, 저거다!" 하면서 눈물을 흘리며 며칠 밤을 새워 강아지똥 이야기를
썼답니다.

'강아지똥과 같이 저렇게 보잘 것 없는 것도, 남들에게 천대만 받는 저런 것도 저렇게 자신의 온몸을
녹여 한 생명을 꽃피우는구나.' 권정생 선생님은 이 사실에 깊은 감동을 받고, 그 감동에 눈물을
흘리며 강아지똥 이야기를 쓰기 시작한 것입니다.

우리에게는 독특한 역사가 있습니다. 우리의 역사는 남에게 끊임없이
고통을 받는 역사였습니다. 일제 식민지 시대를 거치고 분단을
거치고 전쟁을 겪으면서 우리 겨레는 용케도 죽지 않고
살아남았습니다.

이렇게 독특한 역사를 가진 우리 겨레에게는 서양과는 다른 동화 형식이 필요합니다. 왕자나 공주가
아니라 '강아지똥'과 같은 운명을 살아야 했던 우리 겨레의 그 끈질긴 생명 의식을 이야기 속에 담아
내야 합니다. 『강아지똥』이 있기 전까지 우리 어린이들은 대개 왕자나 공주 이야기만을 즐겨 읽어
왔습니다. 그런데 『강아지똥』의 세계는 이런 왕자나 공주가 사는 환상의 세계와는 전혀 딴판인, 그
반대되는 세상을 보여 주었습니다. 지금까지 아동 문학을 하는 사람들은 어린이들에게 꿈을 심어
준다면서 어딘지 현실과 동떨어진 환상의 세계만을 보여 주었는데, 권정생 선생님은 이 세상에서 가장
낮은 곳으로 내려가, 비록 어둡고 추운 곳이지만 그 곳에도 왕자나 공주 못지않게 따뜻한 영혼을
간직한 수많은 존재들이 살고 있다는 사실을 어린이들에게 보여 준 것입니다. 『강아지똥』이 우리 동화
문학에 혁명을 가져온 작품이라고 하는 이유가 여기에 있는 것이지요. 강아지똥은 읽으면 읽을수록
뭔가 우리 토종의 맛이 납니다. 구수한 된장찌개 냄새가 납니다.
우리 나라 아동 문학을 대표할 만한 작품 『강아지똥』이 우리 옛 그림의 아름다움을 살려 그림책을
그리는 정승각 선생님의 그림과 만나, 이제 어린이들을 위한 그림책으로 새롭게 태어났습니다.
그림책 『강아지똥』은 깊은 감동과 함께 보는 즐거움도 줄 것입니다.

이재복(아동문학 평론가)

글 · 권정생 (1937~2007)

1937년 일본 도쿄에서 태어난 권정생 선생님은 1969년 동화 '강아지똥'으로 월간 ≪기독교 교육≫의
제1회 아동문학상을 받으며 작품 활동을 시작했습니다. 그 뒤 작고 보잘것없는 것들에 대한 따뜻한
애정과 굴곡 많은 역사를 살아 왔던 사람들의 삶을 보듬는 진솔한 글로 어린이는 물론 부모님들께도
많은 사랑을 받고 있습니다.
지은책으로는 동화집 『강아지똥』, 『사과나무밭 달님』, 『하느님의 눈물』, 소년 소설 『몽실 언니』,
『점득이네』 등이 있습니다. 시집 『어머니 사시는 그 나라에는』, 산문집 『오물덩이처럼 뒹굴면서』 등을
썼으며, 그림책 『강아지똥』, 『오소리네 집 꽃밭』, 『아기너구리네 봄맞이』, 『황소 아저씨』로도 널리
알려져 있습니다.

그림 · 정승각

정승각 선생님은 1961년 충청북도 덕동에서 태어났습니다. 농촌에 살면서 자연과 어린이, 그리고
우리 옛 그림의 아름다움을 그림책 속에 담으려고 노력하고 있습니다. 아울러 어린이들과 함께
'오감을 살린 그림놀이'를 꾸준히 해 오고 있습니다. 그린책으로는 『강아지똥』, 『오소리네 집 꽃밭』,
『황소 아저씨』, 『까막나라에서 온 삽사리』 등이 있습니다.

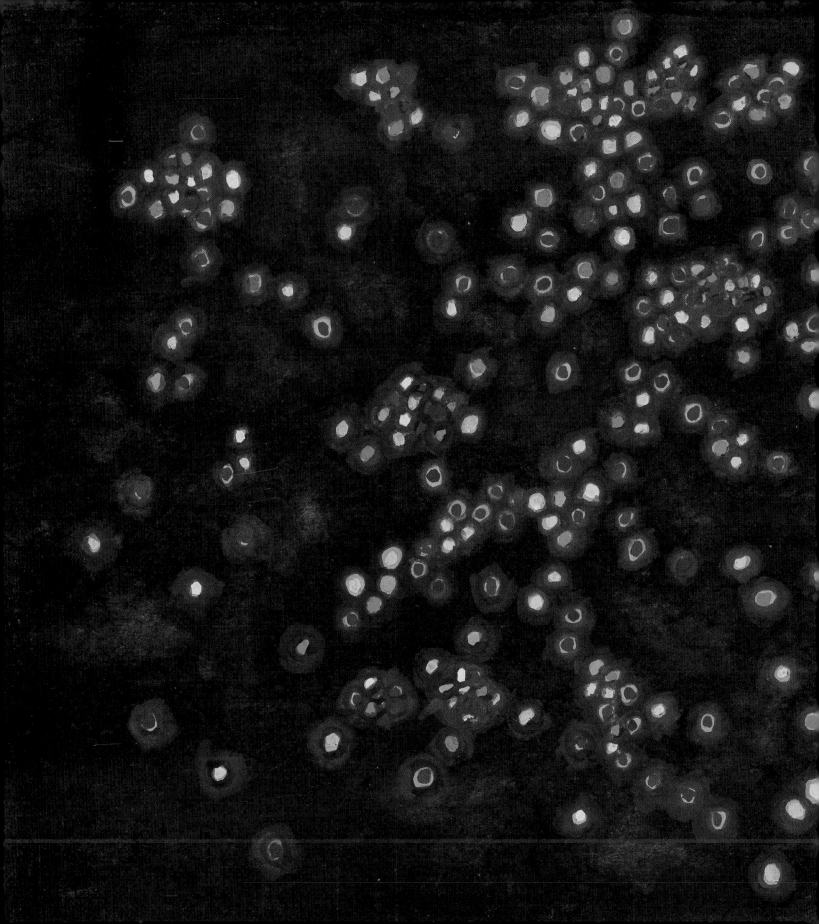